歌集

蜘蛛の歌

奥村晃作

六花書林

蜘蛛の歌　*　目次

装幀　真田幸治

蜘蛛の歌

駅そば

揚げたての搔き揚げがのる駅そばを啜り食う我も立ったまま食う

フライパンの底に焼飯くっつくを限界と見てフライパン買った

〈ふんいき〉が〈あともすふぇあ〉であるならば〈あともすふぇあ〉に〈ふんいき〉がある

ビートルズ、ルイ・アームストロングの曲楽し意味分からねど曲が楽しく

マスコミが沈黙すれば戦争も地震も森林火災も知らず

アウンサンスーチーが今どこでどうお過ごしなのか知るべしわれも

なぜ蟻は運んでくのか鳥たちはおおむねその場で食べてしまうに

星型の花びら青きクレマチス五月の路地の鉢にし咲けり

牧野富太郎の胸像を囲みスヱコザサぎっしりと青きその葉伸び立つ

一七三センチあった我が丈(たけ)が五センチ縮む骨の縮みか

尿意とは兆(きざ)すものにて水分の補給に関わらず兆すものなり

生と性旺盛が良ろし老いぼれて性無き生を生かされている

歌人は歌だ

どの歌が良いかなかなか分からないまして自分の歌分からない

表現がカンペキなればその歌を歌会に出して恥じる事ない

論作両輪を努めてきたが結局は歌だな歌だ歌人は歌だ

我が強く振舞う我は容れられず辛うじて生く歌に縋りて

我の強く悪の限りを尽くしこしわれ自らが償えるのか

百歳で歌詠み日々を健やかに暮らすとぞ従姉のユキ姉さまは

究極のタワーマンション

武蔵小杉の駅に降り立ち大中のタワーマンションの街を歩けり

まるで他人(ひと)を寄せ付けぬがに聳え立つ究極のタワーマンション仰ぐ
コンビニのアイスではなくピカードのアイス食(た)ぶ武蔵小杉の街で

多摩川駅降りて三分多摩川の岸の流れの水際に立ちぬ

黄（き）の蕊（しべ）を囲みて白き花びらを水平に伸ばしヒメジョオン咲く

取水堰越えて流れる多摩川の流れ静かなり立つ波もなく

底深く水豊かなる荒川を思えば多摩川は中級河川(ちゅうきゅうかせん)

武蔵小杉のタワーマンションに多摩川も入れてスマホの写真に収む

囲碁（一）

勝つというよりは勝たせてもらったという感じなり囲碁は楽しも

緻密なる脳の働きを神に謝す碁を打つ時も歌作る時も

どちらかを勝たせる囲碁は同数の場合上手が勝ちと決めてる

勝ち負けを競うけれども引き分けの持(じ)も決めている歌合せでは

それを知らずに生きる

動物園生まれの子象が走りたりそれなりに広い敷き砂の上を

敷き砂を鼻先で集め振り上げて己が背に撒(ま)く親子の象が

草原に走る力は封じられ親象は歩く子象も歩く

熱帯雨林が恋しくあらん親の象、子の象はそれを知らずに生きる

眠りこけてる

猫避(よ)けのトゲ付き板を濡れ縁に敷き詰めて猫を坐れなくさす

濡れ縁の下に猫たち入（はい）らぬようトゲ付き板を敷き詰めました

三匹の地域猫今朝も走り回る建築待ちの褐（あか）き地面を

三匹の地域猫わが庭塀(にわべい)の上を通路に歩いて行けり

わが庭の薦(こも)に身を伸べ茶の猫が午後の時間を眠りこけてる

もしかして夜間はあちこちそこらじゅう走り回っているのかもしれず

常はおおむね黙っているが必要な時にニャーゴと鋭く鳴けり

追悼（一）

癌を病む人無き我の家系なり父方母方、妻の家系も

壮年の体の癌はバリリバリリ音立てて増殖するとぞ聞けり

なぜ急に癌に罹って程もなく逝ってしまったか長谷川祐次

考えに考えた末受け入れて長谷川祐次は逝きしならずや

原阿佐緒論でデビューの小野勝美死んでしまった疎遠の後に

月々の「コスモス」で読みき杜沢光一郎の字余り気味の自在の歌を

梅雨明け

白、青、赤の紫陽花庭に咲き盛りわが八十六の誕生日今日は

我が父は八十六で逝きしかどもう少し我は生きさせてもらう

群がりて咲くヒメジョオンどの花も小ぶりとなりて早い梅雨明け

二〇二二年六月二十七日に明けました関東甲信の梅雨は明けました

半世紀前の梅雨明け特異日は七月二十日でありにしものを

ゲルハルト・リヒター展　東京国立近代美術館

アウシュヴィッツ・ビルケナウの惨描(えが)きたりゲルハルト・リヒターは四枚の絵に

赤は火か血か知れねども悲しみを四枚の絵に描(えが)き遺せり

アブストラクト・ペインティングの画法もてビルケナウの惨描(えが)くを得たり

巨匠ピカソはゲルニカ描き(えが)きゲルハルト・リヒターはビルケナウを描けり

戦争の無惨な景を画家は描(か)けり「ゲルニカ」「ビルケナウ」「原爆の図」を

ピカソ「ゲルニカ」、リヒター「ビルケナウ」、丸木夫妻の「原爆の図」など確(しか)と観たりき

囲碁（二）

向き合って一言も言葉交わすなく交互に黒石白石を置く

晩年を愉しむために壮年われ碁会所に通い囲碁を覚えた

先生は居ないし囲碁は実践を愉しむのみの我を肯う

二連勝、通算九勝四敗でオクムラ初段はご機嫌である

沢山の置き石故に序盤有利そのまま辛うじて勝たせてもらった

打ち終えて数えてみたら半目の負けは負けなれど善戦である

考えに考え抜かれ取り切ったつもりの石も生かされて負け

九分九厘勝ってた碁すら考えに考える上手に負かされました

コロナ恐れて

コロナ恐れて外食控え旅しない劣化の暮らし続けてよいか

東京の空は違うと言ってたねコロナウイルスが清めてくれた

草花に詳しく親しくなれたのはコロナウイルスのお蔭の一つ

一〇〇年前のパンデミックのスペイン風邪詠まれはしたがその歌集なく

マスクする女の人の眼（め）美しい誰も美しいこれもセクハラ？

若者で満席の夜の居酒屋は飲み食い喋る顔近づけて

年寄りはマスク外せず居酒屋は見て過ぎるのみコロナ恐れて

コロナ禍も戦争も止む兆しなく今日また今日の暮らしを立てる

コロナゆえに言いようもないヒドイ目に遭ってた人の話を聴けり

ペストすら或る時退いたそのようにコロナもそろそろ退いてくれぬか

たたかい止めろ

一斉に盲目的に走る事をわたしは深く疑（うたぐ）っている

人の住まい人の命をこれ以上壊さぬようにたたかい止めろ

戦争は何でもありの悪だから即(そく)戦争は止めるしかない

「戦争は悪だ」と歌いし柊二師の身はボロボロとなりていましき

プーチン詠みゼレンスキー詠みほどほどにワザ利かす遊びの歌憎むべし

国葬

安倍晋三巨き政治家でありしかど凶弾死せりき警護薄きゆえに

「国葬反対」のプラカード掲げ官邸の前に抗議の人等を映す

いきなり勝手に決められるものか国葬を自民党葬なら問題ないが

〈モリ・カケ・桜〉は大き罪なりきフタをして国葬が強行されてよいのか

言うべきは言っとかないとダメなんだ黙ってるのは加担する事

胸を衝く歌

既成歌壇と若者歌界の分断を繋ぎ止めたりき岡井隆は

歌好きの友ら互いに語り合う年齢超えて性別超えて

言葉派と非言葉派は先天的区別であって一目瞭然

言葉派の歌人の歌はわたしには解せない歌が結構多い

言葉派にあらざる葛原妙子の歌個性鋭く胸を衝く歌

牽牛、織女いとおし

秋来ぬと目にはさやかに見えねども頰打つ風の今朝の涼しさ

一年にたった一夜の契りをば結ぶ牽牛、織女いとおし

天の川渡る牽牛が漕ぐ舟の櫂の滴か額打つ雨は

秋の夜を渡るスーパームーンすら見難き庭ぞ家建ち込みて

お月様日々に軌跡を変えるから見えなくなった我が庭からは

庭草に露はしとどに置くなれど虫の音絶えし十年前に

コロナウイルスのお蔭か庭に生きものの蜘蛛が戻って大き巣作る

コロナウイルスのお蔭で東京の秋の空とことん澄みて浮かぶ白雲

こまめなる水分補給欠かせないまして炎天の道行く我は

蜘蛛の歌

我が庭に蜘蛛が巣作り棲み付くは十年振りかコロナのお蔭

我が庭の二箇所に蜘蛛が巣作りてどちらの巣にも二匹ずつ居る

蟻と蚊はずっと居たけどコロナゆえに大気が澄みて蜘蛛が戻り来(く)

我が庭の蜘蛛は番で網に居てオスメスならん小さきがオスと

女郎蜘蛛のメスは大きく太っててオスは針ほどのはかない造り

女郎蜘蛛のメスは逆さで動かずに巣の真ん中にいつも居ります

台風の強い風雨(ふうう)に飛ばされて番(つがい)の蜘蛛ごと蜘蛛の巣が無い

台風の雨風に網が飛ばされて残る紐網（ひもい）に居る番蜘蛛（つがいぐも）

庭に来て巣を作りたる女郎蜘蛛そこはダメだよ我が通り道

この十年我が家に絶えし虫の音を微(かす)かなれども聴く秋の夜

カマキリも戻って来たか塀の上に枯れ色カマキリ身を立てて居り

転倒

親子四人が一つ車に乗り込んで病院に向かうわれ身を打ちて

コルセット着する事はせざりしが肋骨(あばら)の痛み少しずつ引く

老いの身はもう転倒は出来ないと戒め歩く家の内(なか)でも

コンクリの路面にいきなり倒れこみ顎の骨砕く転倒もせりき

ゆっくりとひだりみぎと足を踏み出(い)だすフツーにさっさと歩けぬ我は

二度塗りされた

家のめぐりに足場、囲いが立てられて作業は続く二週間ほど

二軒分の広い屋根なり二人して黒く塗り上ぐひと日をかけて

頑丈な足場が家を取り囲み壁また屋根が二度塗りされた

若者の筋・体力は底知れず雨中に二人で足場解体す

足場とは金属の管、板から成り解体し全てを車に積みぬ

停戦をこそ

戦争は即止めるべしその思い誰もが抱きつつ口にせず

「戦争はもうイヤだから戦争は止めて」の声が湧き起こるべし

アメリカのバイデンが武器供給しさながら代理戦争のよう

ゼレンスキー乞えば応えてバイデンが又また高額の武器援助為す

前線で戦う兵士こそあわれウクライナのまたロシアの若者あわれ

停戦か休戦か知れねウクライナの戦争止める機運よ来たれ

地球がまわる音を聴く　パンデミック以降のウェルビーイング

森美術館

ヴォルフガング・ライプのインスタレーション

真っ白の広いお部屋に黄（き）の花粉・牛乳・蜜蠟の壁をし置けり

樹の皮に出会ったエレン膨大な時間注ぎ込み樹の皮描く

エレン・アルトフェスト

途方もない人が現われ途方もない事を継ぎて成す命を懸けて

ギド・ファン・デア・ウェルヴェ

飯山由貴のインスタレーション

ＤＶを追尋する飯山由貴さんがパン食う部屋に大き悲鳴聞く

金崎将司の「百万年」

広告紙千切り（ちぎ）りてノリで固めたる〈時間の塊（かい）〉のオブジェぞこれは

ブンマーの金属の寺の央(なか)に立ちハーブの強き香に癒さるる

キュレーター・熊倉晴子さんと巡りつつ出展作との出会いなども聴く

夏の雑草

忽ちに我が背丈越す夏草のオオアレチノギク空地を占めて

雑草のオオアレチノギクは群生し刈られてしまう雑草ゆえに

丈高く茎太く巨(おお)き荒草のセイタカアワダチソウが群れなして立つ

黄(き)の花が咲くまで何の花なのか分からなかったセイタカアワダチソウ

黄の花が咲けば目立ちて線路沿いにセイタカアワダチソウ群れて咲く見ゆ

原因不明の高熱続く

八十六の齢（よわい）を生きて午後八時原因不明の高熱続く

コロナ症状全くなくてコロナではないなら何の高熱なるや

コロナでも風邪でもなくて胃腸でもなき今回の発熱は何

三日目の今朝平熱に戻りたり妻子は受診せよと譲らず

やり過ぎて限界超えてやり過ぎて倒れた、今回もそれかも知れず

三年前のこの日路面に転倒し顎の骨折る大怪我をせりき

十月の二十七日結婚の記念日マロンケーキで祝う

変な事ばかり言ってる忘れっぽき八十路の妻よ疲れ募りしか

ツイッター止めるわけにもゆかなくてペースを更に落とし継続す

オレンジの球

ひんがしの空のぼり行く金の月の向かって左下から欠ける

金の月の食は進みて十九時過ぎ皆既の月のオレンジの球（きゅう）

オレンジの球となりたるお月様列島の人等に見られ見られて

オオバンとバン

十一月の午後の陽を浴み水面に浮くホシハジロ五〇〇羽ほどか

全身が黒く嘴(くちばし)と鼻すじが白いオオバンはどこにでも居る

嘴(くちばし)の尖端が黄(き)で本(もと)が赤いバンは小柄なりオオバンよりも

追悼（二）

コロナ禍で会えざるままに歌の友の松坂弘の訃報が届く

「江戸時代和歌」又「板橋歌話会」で学び合いし松坂さん逝けり八十七で

コロナ禍で三年間を会わざりし松坂さん逝けり会わざるままに

松坂弘、黒崎善四郎と十年間江戸時代和歌の研究をせりき

「江戸時代和歌」十五冊を刊行し取り上げき十七人の歌人を

江戸時代和歌研究をベースとし著わしき『賀茂真淵』又『ただごと歌の系譜』を

椿と山茶花

一花咲き一花散りたるわが庭の白玉椿蕾（つぼみ）あまた持つ

陽のあまり射さぬさ庭に咲き継げる白玉椿は一花ずつ咲く

垣を成す山茶花どの木も咲き盛り一か月たちなお咲き盛る

羽毛一枚

砂利岸(じゃりぎし)に腰を下ろして流れ行く川の平らな水の面(も)見詰む

枯れ葉らに交じりて羽毛（うもう）一枚が運ばれて行く水の面（おもて）を

踏まれ踏まれてほの輝ける岩盤の岩の面（おもて）を踏み踏む我も

ねんごろに十五分焼きし鮎一尾（あゆいちび）頭から尾まで骨ごと食べた

バネ指となりぬ

左手の中指がバネ指となりある日気付いた酷使してたと

バネ指で曲がった第二関節を右の指もてパキンと起こす

八十六になって初めて知りましたバネ指という病気あること

キーボード打つやバネ指痛むけど致し方なし作業続ける

バネ指の原因分かり対処して痛みは退いた曲がっていても

バネ指となりし原因の説明なく治療の注射打ちし医師はや

バネ指となりし原因突き止めて原因あっての結果と気付く

片岡球子の「面構」展　そごう美術館

「北斎嫌いの蕙斎好き」の言葉あり片岡球子推し推しの二人

長い長い模索の果てに富士の絵と面構（つらがまえ）の絵を球子物にす

へたうまの片岡球子豁然と富士山を描（か）き面構を描きき

長寿なりし葛飾北斎の齢超え球子描きぬ面構の絵を

椿椿山展　板橋区立美術館

渡辺崋山の弟子なる椿椿山（つばきちんざん）を初めて知ってその絵見巡る

花鳥図も良いが人物画に惹かる他画像わきて崋山の像に

椿山描（えが）く渡辺崋山の大き絵をつつしみて仰ぐその掛け軸を

豪富とグローバルサウス

1%(イチパー)の豪富が富を収奪し99%の我等貧困

金持ちが金持ちだけがカネ稼ぎ庶民貧しくなり行くばかり

弱者をば見捨てて走るグローバル・キャピタリズムを何とかせねば

資本主義経済システムが産み出した一部豪富とグローバルサウス

マルクスが説きし如くに労働者とことん資本に追い詰められる

急激に暮らし劣化す働けど働けど我等の暮らし貧しく

ロンドンでパリで働き人たちがストライキせり変わる兆しか

フランスで労働者起ち街に出て連日デモし意思表示せり

高成長時代懐かし働いて遊んで夢とユトリがあった

年金で暮らせる老いも年々に暮らし貧しくなって来てます

劣化せる政治について行けなくて初めて棄権しただただ虚し

我が推しの集

養嗣子の境遇ゆえの苦しみもあったであろう歌人茂吉に

文明や佐太郎と比べ渾沌の歌世界なりき茂吉の歌は

シンガポール陥落喜ぶ祝賀の歌四十首余り茂吉は詠んだ

十日余の旅にて二〇〇の歌詠んだ茂吉の高千穂詠の歌良し

高千穂詠と昭和十五年の歌で編む『のぼり路』は良し我が推しの集

ブレイキン讃歌

ブレイキン決勝を見た男女とも芸術点は満点の覇者

音楽と体(からだ)と心が一体の限りを尽くすブレイキン見る

音楽に合わせて踊るブレイキンあの音楽は何なのだろう

サツマイモの赤い蔓

昭和二十二年四月、飯田市の大火にて四〇〇〇戸焼け我が家も焼けた
（我、小六なりき）

菱田春草の軸を背に負い妹の手を引き燃える丘を下りぬ

一面に燃えし市街地三日目に火を噴いて倉庫一つが落ちた

サツマイモの芋ではなくて緑(あお)い葉と赤い蔓ばかり食べた我等は

褐色のカイコのヒビをよく食べた今は食えない褐色のヒビ

塩イカは今も飯田で売ってます茹でたるイカの身に塩を詰め

年一回の贅沢として大晦日に焼きブリ食った家族揃って

母は　砂払温泉の娘なりき父に見初められ嫁したりき母は

無尽から帰宅の父はごきげんでラバウル小唄を歌い踊りき

囲碁（三）

対面で石打つ時の楽しさは孤独ではないその一時間

明らかに狙って獲りに来てるのに気付かず負けた大石獲られて

黒と白の石を交互に置くのみのゲームであるが勝つと嬉しい

体調良く運が良ければ転がり込む勝ちをいただく囲碁は楽しい

九十を越えると時に大きなる見落としすると敗因を言う

〈石をすぐ　置く〉作戦に嵌められてポカミスおかして上手に負けた

ともかくも勝ち負け同じの振出しに戻して帰る次回を期して

現役の全てを捨てて老い我等囲碁に心を通わせて打つ

持ち時間制は正しく打つために編み出されたる知恵とこそ知れ

学士会囲碁会四月一日もてアクリル板撤去しディスタンスなし

ざっと見てコロナ以前と変わらない学士会囲碁会盛時に復す

＊

平田達(ひらたたたつ)先生が創り遺しくれし囲碁会に遊ぶ同窓生の我等

コロナ禍に残る組織の一つにて飯田高校卒業生の囲碁会

トランスジェンダー

トランスジェンダーゆえの苦しみ証しする映像を暗い部屋にて目守(まも)る

乳房また乳首を小さくする手術その痛み語る名を換えし人が

第五回ＷＢＣ戦、日本優勝す

〈ヌートバー〉大リーガーの野手にして〈確実に打つ〉確率高い

大谷がセーフティバントするなんてそれが岡本のスリーラン呼んだ

大谷よしヌートバーよしダルビッシュ・吉田・近藤皆さんよろし

大谷が二塁打うち、次、四球、村上の逆転打もてメキシコ戦を制す

絶対の切り札としての活動を〈投打に〉見せた大谷翔平

栗山英樹の〈チーム作り〉も〈采配〉も勝利の一因と銘記するべし

カタバミ

一つ木に赤い椿と白い椿枝異(こと)にして咲ける目出度さ

紫のムラサキハナナ群れ咲けり森の樹木の根方の土に

タンポポは所かまわず舗道(みち)の辺(べ)の土の部分に黄の花咲かす

昔ながらの和製カタバミ見付けたり小さき黄の花茶色の葉っぱ

夕べ萎み眠りて朝咲くなり黄なる小さなカタバミの花

道にまた公園の土に群れて咲くハルジオンを折るに茎は空洞

皆マスクして若き等集う

「COCOON」の二十七号批評会招かれて評を尽くす愉しも

春の日の茅場町なる会議室皆マスクして若き等集う

オンライン参加者含め巨大なる歌会巧みに捌く司会者

たとえ一字の字余りであれ表現の弛みとことん正せと述べた

老体のオクムラは長い評会の評を尽くして無事に帰宅す

茂吉の旅（一）　金瓶の歌

「紀一橋」より見下ろせば音もなく酢川(すかわ)の水は流れておりぬ

「紀一橋」に立ちて見下ろす酢川なり茂吉が歌に詠みし酢川ぞ

茂吉旧居の庭にもぞもぞ生え揃う翁草見たり初めて見たり

茂吉生家の隣に今も宝泉寺ありますます境内広き宝泉寺

佐原隆応和尚に就きて学びたる少年茂吉想う比翼の墓に

金瓶に紀一、茂吉は産まれたり隆応和尚は傑士であった

金瓶の村の畦地に立ちて見る茂吉が歌に詠みし蔵王を

川床料理

高層の22階の部屋に寝てわれ落ち着かずホテルの部屋に

考えてみるまでもなく何億のヒト高層の部屋に寝起きす

22階の部屋に目覚めて朝食は38階、バイキングとぞ

美肌効果抜群という「金泉」を浴せし次はいざ「銀泉」へ

「銀泉」は簡潔にして英文で「radon hot spring」とあり

透明なラジウムの湯を「銀泉」と名付く有馬のネーミング良し

蒸し焼きのアワビは旨い昔からアワビ嫌いと食わざりし我

京都では漬菜どころか魚まで全て小ぶりの川床料理

花火大会

連翹や金雀枝（えにしだ）減って金糸梅、未央柳が増えております

柿の木が切られちまって切り株が白きその身を晒しています

近隣のお庭はどこも狭いから切られちまったこの柿の木も

垂直に青茎伸びて白、赤の花咲き上るタチアオイ好き

炎天下赤き小花の群れ咲けるゼラニウムは母の好きだった花

クーラーのお蔭で熱帯夜にあれど汗をかかずに真夜目覚めたり

クーラーのサーモスタットの働きで朝まで眠れた熱帯夜なれど

今日ひと日暮らし立てるが精一杯われら八十代の夫婦は

朝昼夕三食作り食べている食の習慣今に変わらず

諸経費の高騰ゆえにあちこちで花火大会あきらめしとぞ

植物と歩く　練馬区立美術館

牧野富太郎博士が作りし押し草花その実物を展示に目守(まも)る

茎も葉も花も一枚に配置され小さきテープで処々止めてある

実物をそのままに残すやり方は草花とそして昆虫にあり

昆虫はピンで止めるが草花は小さな紙のテープで止める

草だけを克明に描（えが）く画家が居て森林の如く草むら描く

茂吉の旅（二）　大石田の歌

へんてつもなき最上川を繰り返し詠みし茂吉の執念は何

二藤部兵右衛門の離れの二階家借り受けて「聴禽書屋」と茂吉名付けせし

寒さに強い茂吉は火鉢の埋火に厳寒の日も寝起きをせしと

「聴禽書屋」の一階は十畳と四畳にて茂吉寝起きせし畳に坐る

焦げ茶色の板壁、透明の窓ガラス「聴禽書屋」はそのままに在る

板垣、二藤部地元のたれかれに支えられ斎藤茂吉の作歌三昧

芭蕉真蹟の〈五月雨連歌〉の巻物を大石田の資料館で見たる幸せ

「五月雨を集めてすずし最上川」芭蕉の詠みし発句ぞこれは

芭蕉、曽良地元の二人、四名で巻きし〈五月雨連歌〉は尊と

元禄の芭蕉に負けじと最上川繰り返し詠みし茂吉ならずや

茂吉に先立ち芭蕉が深く関わりし舟運（しゅううん）に栄えし大石田の町

大石田の東南に連なる山々の西に蔵王見ゆ茂吉も見しや

大石田を流るる川の最上川岸辺の水際に下り難き川

市街地を流るる川の最上川両岸人工の壁に護られ

茂吉が坐り歌を詠みたる水際には行けず橋から見下ろせるのみ

最上川詠みし不朽の作いくつ就中（なかんずく）「逆白波」「虹の断片」

「虹の断片」の歌古関裕而が作曲し大石田の町の人等歌うと

芭蕉、茂吉永遠にし残るうたびとの足跡を見に大石田に行こう

成り代わり詠む歌

成り代わり詠む歌フッーになって来てまるで和歌だね若き等の歌

自分の事差し置いて友の窮状を表現したく成り代わり詠む

成り代わり詠む歌評する場合には作中主体と言うほかないか

にんげんが新しいから表現もそれに見合って新しと説く

駐輪料金

自転車の駐輪料金予告なく50パーセント値上げされてた

電動の自転車置くにはあまりにも狭い造りと思いませんか

電動の自転車と普通の自転車の駐輪料金違っていい

電動の自転車専用の幅広の駐輪場を作るべきなり

囲碁（四）

囲碁に遊び短歌に耽（ふけ）る境涯をぞんぶんに生き愉（たの）しむ我は

六時間続けて打って五局目は老いの頭脳の弛みで負けた

八十八のO氏打つのが救いなり八十七の老体我の

わたくしは遊びで打ってる碁なれども上手と打つと負けて疲れる

木の盤に石を置くのみの碁なれども脳のみならず身を疲れさす

全局面常に見てないと或いは見ていても負けてしまうは強い上手には

「この年になると昇級は望めない如何に現状を維持するか」だと

落ちた分取り戻すべく私は勝ちにこだわるなかなか勝てぬ

*

東大の２Ｂクラスの囲碁会は六名で遊ぶいつまで続く

学友がことごとく皆去り行ける齢（よわい）を生きる生かされている

癌死

世の無常、不条理思う癌死せしHをAをSをし悼む

選ばれてサラワレテユク善き人が何故とつぜんにサラッテクノカ

深海

深海の底に棲んでる魚の如き生き物たちを映像で見た

深海の底の底なる暗闇（くらやみ）の生き物たちを写して見せる

シーラカンス聞いた事ある我々と繋がりのある生き物として

真顔

マスクする顔に馴れたるわたくしに真顔は時にコワイと思う

唇(くちびる)は真っ赤に塗って鼻筋はホワイトに塗る乙女が坐る

ＨＴＭＬ言語

先ずワープロを身に付けたのは高校の社会科教員であったからである

ＨＴＭＬ言語で組み立てるホームページを我も作りぬ

ホームページ・ミクシィ・ツイッター・ズームなど渡り来し我は歌人(うたびと)である

阪神、十八年目の優勝を果たす　二〇二三年九月十四日

十一連勝したから甲子園で阪神は優勝決めた相手は巨人

先発よし、中継ぎ抑えよし、打つ方は打つべき時に打って優勝

岡田監督優勝は一度も口にせず「アレ」で通して優勝果たす

阪神の黄金時代の到来か投打の層の厚い阪神

白い舌状花

管状花（かんじょうか）の巡りに白い舌状花（ぜつじょうか）あるのがヒメムカショヨモギとぞ知る

管状花の巡りに舌状花殆ど無いそれがオオアレチノギクとぞ知る

管状花咲けばどちらも白い花ヒメムカシヨモギもオオアレチノギクも

ヒマワリのお皿の部分が管状花、巡りの黄色い花が舌状花

店は必死だ

その母のズルさを受けてコズルイね町の文具店の店主のカレは

文具店の店主のカレの奥さんは親切いつも「値引き券」呉れる

まれまれに外食するとタンメンもビールもうまい店は必死だ

行列が常に出来てた肉店も近頃客は途絶えがちなり

インフレと低賃金に劣化する暮らしに政権は向き合っているか

カミサマ

今日明日(あす)あさってそこから先は思わない思えない我が齢(よわい)八十七

「人生、百年」と言われているが身めぐりに百歳の人見た事ない

眠られず眠くもないが寝ていますます老体我は眠らねばならず

夜中何度も目を覚ますけど九時間の睡眠が要る老体我は

九時間の睡眠に加え昼食後小一時間の昼寝をします

わたしにはカミサマが居てカミサマのお望み通りに暮らしています

中秋の名月

路地裏の我が家の庭から見える空東少し西少し仰ぐ中天

中秋の名月つまり十五夜の大き月見ゆ東の空に

家と家とに区切られた空に十五夜の大き月しばし留まりて見ゆ

林下の黙想

「林下の黙想」が河井翠茗に認められ「文庫」にぜんぶ掲載された

日露戦始まるや露探の嫌疑受け自刃せし中島鎮絵悲しも

中島への挽歌と捧げし白秋の「林下の黙想」我が読まんとす

三七〇行と長過ぎるせいか『邪宗門』に「林下の黙想」は収録されず

*

第一夫人俊子と離別し父母(ちちはは)と安らに過ごせし麻布十番の家

麻布山「善福寺」など歌いたる白秋過ごせし麻布十番の家

市川の手児奈廟隣（となり）の亀井坊に章子（あやこ）と暮らせし清貧白秋

大正十年菊子と出会い結ばれて和やかな家庭を得たる白秋

＊

ニコライ堂の鳴る鐘の音(ね)に耳澄ます眼を病む白秋窓辺に依(よ)りて

薄明の白秋に光射して来て「新生だ」と叫び事切れしとぞ

最終歌集

『白き山』『黒檜』に匹敵せざるともその裾野ほどなる歌集編みたし

『白き山』『黒檜』は高い峰をなし千代に八千代に残るであろう

今迄と何かが違う何だろう最終歌集を編まんと思う

『白き山』『黒檜』は最終歌集なり自らが編んだ最後の歌集

あとがき

斎藤茂吉の『白き山』、北原白秋の『黒檜』に比すべくもないが、わたしはわたしで、短歌人生の総括としての最終歌集を出したいと思い、出すことにした。

昨年の初夏から本年の初秋に至る一年五ケ月の作品を対象として、落とすべき作は全て落として、三百五十三首を得た。数もよさそうである。

『象の眼』に次ぐ十九番目の歌集となる。

出版に関する一切は六花書林の宇田川寛之さんに委ねようと思う。どうぞよろしくお願い申し上げます。

二〇二三年九月二十二日

奥村晃作

【著作一覧】

歌集

『三齢幼虫』（白玉書房　1979年）、『鬱と空』（石川書房　1983年）、『鴇色の足』（本阿弥書店　1988年）、『父さんのうた』（ながらみ書房　1991年）、『蟻ん子とガリバー』（ながらみ書房　1993年）、『都市空間』（ながらみ書房　1995年）、『男の眼』（雁書館　1999年）、『ピシリと決まる』（北冬舎　2001年）、『キケンの水位』（短歌研究社　2003年）、『スキーは板に乗ってるだけで』（角川書店　2005年）、『多く連作の歌』（ながらみ書房　2008年）、『多く日常の歌』（ながらみ書房　2009年）、『青草』（柊書房　2011年）、『造りの強い傘』（青磁社　2014年）、『ビビッと動く』（六花書林　2016年）、『八十の夏』（六花書林　2017年）、『八十一の春』（文芸社　2019年）、『象の眼』（六花書林　2022年）、『蜘蛛の歌』（六花書林　2023年）

文庫本『三齢幼虫』（石川書房　1996年）、『奥村晃作作品集』（雁書館　1998年）（第１歌集から第６歌集までを完全収録、初句索引付き）、『奥村晃作歌集』（現代短歌文庫）（砂子屋書房　2004年）、『空と自動車』（新現代歌人叢書）（短歌新聞社　2005年）

歌書

『隠遁歌人の源流―式子内親王　能因　西行』（笠間書院　1975年）、『奥村晃作歌論集○現代短歌』（短歌新聞社　1977年）、『宮柊二の秀歌二百首』（ながらみ書房　1989年）、『抒情とただごと』（本阿弥書店　1994年）、『賀茂真淵』（短歌新聞社　1996年）、『恵那のいただき―悲恋の歌人　金田千鶴小伝』（南信州新聞出版局　1999年）、『ただごと歌の系譜』（本阿弥書店　2006年）、『戦争の歌―渡辺直己と宮柊二』（北冬舎　2008年）

蜘蛛の歌

コスモス叢書第1232篇

2023年12月19日 初版発行

著　者――奥村晃作

発行者――宇田川寛之

発行所――六花書林
〒170-0005
東京都豊島区南大塚 3 - 24 - 10 マリノホームズ1A
電 話 03-5949-6307
FAX 03-6912-7595

発売――開発社
〒103-0023
東京都中央区日本橋本町 1 - 4 - 9 フォーラム日本橋 8 階
電 話 03-5205-0211
FAX 03-5205-2516

印刷――相良整版印刷

製本――仲佐製本

定価はカバーに表示してあります
ISBN978-4-910181-59-2 C0092